Quint Buchholz
El libro de los libros

Quint Buchholz

El libro de los libros

Historias sobre imágenes

Editorial Lumen

Título original: *BuchBilderBuch*

Publicado por Editorial Lumen, S. A.,
Ramon Miquel i Planas, 10 - 08034 Barcelona.

Primera edición: 1998

Impreso en BIGSA, Sant Adrià de Besós.

Depósito Legal: B. 8.556-1998 - ISBN: 84-264-4556-X
Printed in Spain

Índice

Este libro que descansa ahora tan amistosa y firmemente en sus manos es fruto de una de esas casualidades que determinan la vida secreta de los libros más que cualquier planificación. El pintor, dibujante e ilustrador Quint Buchholz se encontraba una tarde en nuestro despacho para mostrarnos sus trabajos, que, como sobrecubierta de muchos de nuestros libros, habían facilitado gracias a su imaginación poética el camino hasta el lector. Extendidas las hojas en el suelo, no fue difícil reconocer el motivo que las unía a todas: el propósito de representar el libro —o sus protoformas: el papel, la máquina de escribir, la pluma— justo en el instante en que éste recibe la historia y la transmite. Independientemente de los autores, Quint había dibujado la peripecia del libro, que va por el mundo recogiendo historias, o repartiéndolas, o haciéndolas enmudecer. Con su peculiar estilo, había dibujado una Historia de la Literatura como sucesión de los motivos necesarios para el nacimiento y la supervivencia de la misma. ¿Qué resultaba más adecuado, pues, que recurrir a unos autores, para que escribieran las historias que yacían implícitas en los dibujos de Quint?

Enviamos un dibujo de Quint a cuarenta y seis autores de países distintos, con la petición de que escribieran el texto oculto en él. Todos colaboraron. Y así surgió este libro. Un libro revelador de muchos aspectos de la escritura y de la lectura, y que es un homenaje a un gran artista, que sigue tejiendo de forma tradicional la vieja historia que sólo puede encontrarse entre las dos tapas de un libro.

Munich, invierno de 1996 *Michael Krüger*

El horizonte

Siempre leo detenidamente las notificaciones oficiales. Estudio con particular atención los avisos de los servicios de información del Estado. A fin de cuentas los escriben para mí: el Estado intenta comunicarse con uno de sus hijos. Como cuando un padre o una madre inicia con cierta reticencia una conversación seria con uno de sus vástagos. Y no voy a ser yo quien se oponga.

Voy a dejar de fumar. Voy a beber menos. Voy a comprender por qué debo pagar impuestos. Voy a mantenerme informado sobre convenios y reglamentos. Y voy a votar cada cuatro años. De esta forma tendré respuesta a todas las exhortaciones que reciba.

En mi opinión, todo funciona tal como debe funcionar. Es como un folletón algo árido y enrevesado en el que mi humilde personaje tiene derecho a participar y que incluso puede en parte coescribir.

El horizonte –creo que ésta es la palabra adecuada–, el horizonte de esta constante e interminable campaña de información puede parecerme a veces, sin embargo, restringido y trivial.

Es agradable que Hacienda devuelva dinero, y probablemente es acertado instalar alarmas de humo y extintores de incendios. No se trata de esto. Pero las estrellas, por ejemplo, o el misterio de la vida, o un libro importante que debería leer, nada de esto es asunto del Estado. No tengo que preocuparme por ese tipo de cuestiones. La tierra sigue su curso alrededor del sol sin mi ayuda.

Echo en falta un recuerdo ocasional de que existo. Porque estoy aquí solamente esta vez y no he de volver nunca. También esto puede resultar fácil de olvidar. Yo lo sé, es obvio que lo sé todo el tiempo, sólo con que me pare a pensarlo. Pero nadie me impulsa a hacerlo. Aquí no rige ninguna pública confidencialidad. Si en medio del flujo de la información olvido que estoy vivo, es problema mío.

Puedo imaginar el siguiente comunicado oficial a la población en los principales periódicos del país: «Aviso importante a todos los ciudadanos y ciudadanas. ¡El mundo está aquí y es ahora!».

Cien granos de maíz

Bien, como tantas otras veces cuando había invitados, estábamos sentados todavía un rato a la mesa después de haber comido. No para hablar, sólo porque sí. Los hombres –que eran mi padre, mi abuelo y mi tío– fumaban. Las mujeres –que eran mi madrastra, mi abuela y mi tía– recogían con las yemas de los dedos las migas de pan y los granos de azúcar esparcidos sobre la mesa y los chupaban. Yo también, puesto que era una chica. A mi hermano no le dejaban fumar, porque sólo era un chico, no un hombre. Jugaba con las hormigas, que paseaban entre nosotros, de un codo a otro.

Entonces mi tío miró el reloj y dijo: «Creo que deberíamos empezar con las cartas». Jugaban con cien granos de maíz y, cuando se los habían jugado todos, con dinero. Mi tío se sacó su saquito con los granos de maíz del bolsillo. Mi abuelo se dirigió a su armario y cogió su cajita de latón. La agitó y sonaron unos chasquidos. Mi padre abrió con su navaja la escalera. La apoyó contra la pared del cuarto, se puso el sombrero y subió hasta el último peldaño. Miró por encima del tejado. «A ver si hoy gano», dijo. Mi hermano se echó a llorar.

Interpretaciones de una visión

Esta imagen insólita podría significar que un libro permite poseer aquello que uno desea y no tiene, por ejemplo, un bombín. Pero no es eso.

Podría significar que un libro permite ser lo que uno no es, por ejemplo, deshollinador. Pero, aunque varios elementos de la imagen apuntan hacia esta explicación, tampoco es eso.

¿Significa quizás que el ser humano, toda su persona, su visión del mundo, su identidad, su realidad misma, se sustentan sobre el conocimiento, y que el conocimiento, a su vez, se sustenta en el aire? Ojalá fuera tan fácil. Pero me temo que no es eso.

Nada nos autoriza, ni la razón ni la experiencia, a tomarnos las imágenes y los libros en un sentido que no sea el literal.

Aquí tenemos a un señor que sobrevuela el tejado de un edificio. En el edificio hay una ventana abierta, parcialmente abierta, pero nada nos permite pensar que el caballero volador ha salido por esa ventana, que no viene de más lejos, que no lleva hecho ya un largo trayecto. El señor que nos ocupa tiene debajo de los pies una cosa que parece un libro; tal vez lo sea o tal vez sea un aparato volador en forma de libro, hoy en día se inventan tantas cosas... Si verdaderamente es un libro, puede tratarse de un libro volador, compartir esta propiedad con las alfombras voladoras. Pero no hay que excluir que sea el señor quien esté capacitado para volar, y que en esta ocasión, inadvertidamente, un libro se le pegó a las suelas de los zapatos poco antes del despegue.

Sea cual sea el origen y la explicación científica de este vuelo, y su objetivo, la escena no tiene nada de inquietante, al menos nada que resulte más inquietante que cualquier escena cotidiana; el hombre no parece preocupado ni sorprendido. Al contrario. A juzgar por la inclinación de la cabeza y la posición de los brazos, más bien parece que se dispone a orinar y que (pero esto sólo es una conjetura arriesgada) apunta a la chimenea de la derecha, quizás para evitar molestias a los transeúntes.

Eduardo Mendoza

La cour de l'ancienne école

Desde que en diciembre del pasado año me enviaron este dibujo con la amable petición de que ideara algo adecuado sobre él, estuvo semanas sobre mi mesa de trabajo y, cuanto más tiempo llevaba allí y cuantas más veces yo lo miraba, más difícil me resultaba decidirme, hasta que aquella tarea insignificante se transformó para mí en un obstáculo insalvable. Y entonces, un día de finales de enero, sin que nadie supiera cómo, el dibujo, con gran alivio por mi parte, desapareció de su lugar. Cuando había pasado cierto tiempo y casi lo tenía olvidado, reapareció dentro de una carta procedente de Bonifacio, en la que Mme. Seraphine Aquaviva, con quien mantengo correspondencia desde el pasado verano, me comunicaba que le gustaría saber de qué modo aquel dibujo, al que yo no hacía referencia en la carta del 27 de enero con la que lo adjuntaba, había llegado a mis manos, pues retrataba el patio de la antigua escuela de Porto Vecchio, a la que ella había asistido en los años treinta. En aquel entonces, seguía contando Mme. Aquaviva, Porto Vecchio era una ciudad medio muerta, visitada periódicamente por la malaria, y rodeada de salinas, pantanos y matorrales intransitables. A lo sumo aparecía una vez al mes un barco mercante para cargar tablones de roble. Aparte de esto, no sucedía absolutamente nada. Desde hacía siglos, todo se desmoronaba y se pudría. En las callejas imperaba un silencio estremecedor, porque la mitad de la población, embrutecida por la fiebre, dormitaba dentro de las casas o permanecía sentada, el rostro macilento, en los peldaños del portal. «Nosotros, escolares», seguía contando Mme. Aquaviva, «no teníamos idea de la falta de perspectivas de nuestra vida en aquella ciudad, que el paludismo había hecho inhabitable. Aprendíamos las cuatro reglas, al igual que otros niños en zonas más afortunadas, y también a escribir. Se nos enseñaba asimismo una u otra anécdota sobre el ascenso y la caída del emperador Napoleón. A ratos mirábamos por la ventana, por encima del muro de la escuela y de las blancas orillas de la laguna, la remota luz cegadora que se extendía temblorosa sobre el mar Tirreno. No conservo», concluía Mme. Aquaviva, «ningún otro recuerdo de mi época escolar, salvo el del maestro, un antiguo húsar llamado Toussaint Benedetti, que, cuando se inclinaba para ver mi trabajo, repetía siempre lo mismo: Ce que tu écris mal, Séraphine! Comment veux-tu qu'on puisse te lire?»

Había una vez un escritor indeciso. Cuando escribía, lamentaba no poder leer, y, cuando leía, lamentaba no poder escribir.

Un día recibió una carta que decía: «Me he enterado de su problema por una entrevista. Siga el recorrido indicado en esta hoja y lo resolverá». Firmado: un amigo.

El escritor siguió las indicaciones y se encontró en una llanura, donde yacían muchas hojas de papel esparcidas por el suelo en orden geométrico, que terminaban ante la puerta cerrada de una pared de madera. Sobre la hierba distinguió una vela encendida, un zapato de mujer y un reloj de arena.

El escritor pensó: «En lo que me resta de vida, el amor me ayudará a entender el sentido del tiempo».

Levantó la primera hoja, pero estaba en blanco. También la segunda estaba en blanco. Todas estaban en blanco. Se dirigió a la puerta y la abrió, pero al otro lado no había nada, sólo la llanura interminable. Entonces comprendió que las hojas en blanco eran el libro que quería escribir y el libro que quería leer, porque escribir y leer se habían convertido finalmente en una misma cosa.

GIUSEPPE PONTIGGIA

Giuseppe Pontiggia

Por supuesto, no hubiera debido regresar.

Había sobrevivido gracias a un milagro estadístico de puro azar. Su familia había desaparecido en el huracán. Unos parientes lejanos lo habían puesto a salvo y lo habían criado. Le habían hablado de su madre y de su padre. Le habían mostrado fotografías risueñas, absurdamente irrelevantes. También algunas de la casa que curiosamente, quizás sarcásticamente, había sobrevivido. ¿Por qué regresar a este lugar de cenizas?

Y, sin embargo, allí estaba, deambulando por las habitaciones vacías, como de puntillas, molesto por su propia respiración. Polvo sobre polvo, y un olor glacial, todavía más difícil de soportar porque, de algún modo, aquel silencio no contenía asomo de paz.

En el rincón más recóndito del desván, un armario con la puerta cerrada. Como era la única pieza del mobiliario que había subsistido, le hizo sentirse terriblemente incómodo. Dio media vuelta, para marcharse, pero algo le hizo retroceder. Irresistiblemente. Había, él lo sabía, una desnudez que no debe ser vista. Con la mano izquierda, como si fuese la mano de un extraño, abrió la puerta.

Al principio lo que vio no tenía sentido. Los estantes estaban negros de polvo. Pero había a intervalos unas líneas más claras, unas huellas pálidas, también en la pared del fondo. Entonces comprendió. Allí había habido libros. Hileras de libros. Sus libros, los libros de su infancia. El vacío se llenó de significado. *La guía ilustrada de la mitología griega*; la *Biblia Infantil*; *La isla del tesoro*; los *Cuentos de Shakespeare* de Charles y Mary Lamb, con la imagen de Ariel en la cubierta dorada; el *Manual de famosos coches de carreras*. Se esforzó en cerrar la puerta. Quería desesperadamente olvidar el modo de recordar. No podía. Las voces de los libros perdidos le hacían daño. Y con ellas la de un hombre cansado, que le leía antes de dormir, en un lugar demasiado seguro para haber existido jamás.

George Steiner

Diario de un viaje por Mali

Korioumé-Rharous, 27-28 de agosto

Desde medianoche estaba anclada la *Tombouctou* en las cercanías de Tombuktu. Un estudiante de secundaria, capaz de recitar de memoria todos los monumentos y curiosidades de la ciudad, me guía por las calles polvorientas. Casas de adobe de dos pisos, los postigos de las ventanas y las puertas de madera tallada con adornos de latón, dominadas por el minarete de la mezquita llamada Sankoré por el nombre de su fundador. Una placa de bronce, obra de Heinrich Lübke, recuerda la estancia en Tombuktu de su tocayo Heinrich Barth (1853-1854), que difundió por medio mundo la fama de la ciudad del desierto. La casa donde vivió René Caillé, primer europeo que llegó a Tombuktu, treinta años antes que Barth, ha sido restaurada con ayuda francesa. En la siguiente esquina, una placa conmemorativa recuerda al británico mayor Laing, que, en 1826, entró a caballo en la ciudad, de riguroso uniforme, y pagó con la vida esta locura: colocaron su cabeza, ensartada en una lanza, a las puertas de la ciudad, como intimidación. Así rinde homenaje el colonialismo europeo a sus pioneros y a sus mártires. De Ibn Batuta, el viajero árabe que visitó Tombuktu en la época de esplendor del antiguo imperio de Mali, no hay ninguna placa.

Antes de entrar en la mezquita, mi guía me pide quinientos francos: «Esta es la casa de Dios y tú no eres creyente». El interior es fresco y oscuro como una cueva. Un bosque de columnas sostiene el techo de adobe prensado; junto a las tumbas de los santos hermanos gemelos Hassan y Hussein, han esculpido mihrabs en los muros. Por una escalera de caracol, que tengo que subir agachado, llegamos a lo alto del minarete, desde donde gozamos de una vista espléndida. «Pise con cuidado, Monsieur, o la escalera se hundirá debajo de sus pies.»

Hans Christoph Buch

تمبوكتو ٥٢ يوما
TOMBOUCTOU 52 Jours

La propia ausencia

Ahora, cuando he contemplado mi ausencia, sobrevolando y alejándome, como globo errante, de todo aquello que fui, de todo aquello que creía –o quizá sabía– lo más hondo y verdadero de mi vida.

Ahora, ahí está una silla sin nadie, apoyada en el borde de una mesa sin mí. Es el gesto de una infinita desolación, de un espacio vaciado de su contenido natural, como ese vaso boca abajo, negándose a recibir, a contener, a calmar una sed.

Recuerdo una máquina enfundada, el silencio ocupando el lugar de las palabras. Lo recuerdo muy bien; era el día en que contemplé mi ausencia. Lo sé ahora, porque he regresado, ahora, cuando lenta y minuciosamente he ido restituyendo a su lugar lo que creí perdido. Objetos, muebles, y ese vaso, ahora boca arriba, esperando llenarse de sed viva y estremecida. Ahora contemplo lo que fue, ante mis ojos, mi propia ausencia.

Se plantea, pues, una sencilla cuestión

Cuando estoy muy ocupado, fumo un cigarrillo tras otro, corro de acá para allá intentando resolver diversos asuntos apuntados en una lista, tacho los problemas resueltos, anoto en la misma lista los nuevos problemas que han surgido y, al mismo tiempo, contesto sin demora cartas, peticiones y llamadas telefónicas, desmonto un grifo que gotea, le cambio la goma que se ha podrido, lo ajusto bien, sin olvidar que tengo que pasar a tiempo por la lavandería, redactar la solicitud de traslado para hacérsela llegar con la mayor brevedad posible al ministro de Educación y Cultura, agradecerle a tía Tischka la preciosa tarta, aclarar el asunto del cheque, y todo ello entre la reunión del plan de paz y el encuentro con la profesora de Montevideo, y sin que se me olvide mudarme de camisa, porque la que llevo tiene el cuello agrio de sudor, y además no puedo perderme las noticias de la tarde, porque en la parada de autobús han estado hablando de una concentración de fuerzas del ejército, y además tengo que arreglarme un empaste, tirar la leche de principios de semana, cambiar la hebilla de una sandalia, encontrar al electricista para que arregle la nevera, fumar un poco menos, ser un poco más diligente, porque el tiempo vuela, decidir finalmente el asunto de la encuadernación, tomar partido respecto a los caprichosos cambios de situación, pasar a consolar a Zelig y a Slava sin cargar con la tarea de prepararles el libro conmemorativo, hojear el periódico, devolverle o no la ofensa al despreciable doctor Schuster, pedir hora para el radiólogo, tratar con cuidado al anciano dirigente de los kibbutz que primero me acompaña hasta la esquina de una calle, luego hasta otra y después un poco más, abstraerme del dolor de muelas que va a peor, y pasar, por fin solo, junto a un perro atropellado cuyos sesos se desparraman por la calzada, darme cuenta de repente de que me he perdido el cambio de colores del cielo –la mañana ha sido azul y blanca, ardiente, mientras que el atardecer es gris, oscuro y húmedo, y ha empezado a soplar el viento desde el mar–, entonces me pregunto cuándo habrá sucedido todo esto. En el recuadro de una ventana, en una callejuela, una mujer se ha quitado el vestido por encima de la cabeza, y yo he cruzado por delante de la ventana fumando, con aspecto ocupado y respetable. No me he detenido, he pasado junto a sus

muslos y no he sentido nada. Seguro que se han cruzado pájaros aquí y allá en mi camino, pero no los he oído; seguro que en algún lugar han tañido las campanas, sin mí, seguro que me esperan. En alguna casa cercana una mujer casada, con cuatro hijos, ha decidido que ya bastaba, que nada tenía sentido, y se ha suicidado con unas tijeras corrientes, esto pone el periódico que estoy leyendo de pie en el autobús, los ojos llorosos por el humo de los cigarrillos de los demás y por el mío propio. El periódico también dice que la situación puede deteriorarse. Enseguida oiremos las noticias de las seis. Quizás la artillería siria ha iniciado un fuego masivo y los aviones de nuestra fuerza aérea han sido abatidos y borrados del mapa, o nuestro ejército, siguiendo las oportunas advertencias de nuestro servicio de información, ha arrasado las posiciones enemigas y está a las puertas de Bagdad. ¡Silencio! ¡Dejadme oír! La situación se está deteriorando y algo tiene que suceder.

Créeme, el forastero era extraño. Andaba de aquí para allá con un frac gris oscuro y un sombrero de copa, pero era pobre de solemnidad. La gente contaba terribles historias acerca de él. Le tenían miedo desde que llegó a este pueblo. Se había alojado en la escuela abandonada, y vivía solo allí, en las veinticuatro habitaciones, sin muebles ni utensilios.

El dueño de mi casa había colocado alrededor de ésta una alta valla de estacas. Cuando, al visitar la casa, le pregunté el motivo, contestó algo ininteligible sobre la escuela. Me instalé allí. Ya la primera noche oí serrar y martillear. Sentí miedo. Cuando desperté, el hombre del frac y el sombrero de copa estaba delante de mi ventana, encaramado a la valla. «Para que nos saludemos», dijo, y rió en un tono triunfal, casi diabólico. En verano lo vi en su prado, saltando, bailando, tragando fuego y haciendo juegos malabares. A veces oía un estallido y después veía una columnita de humo que ascendía desde la colina. A menudo yo era su único espectador, le hacía señas y le aplaudía con entusiasmo, hasta que me veía y se retiraba saludándome.

«¿Para qué sirve leer?», me preguntó un día muy frío. Quitó la nieve de encima de la valla y, con un elegante salto, se sentó en ella y dejó las piernas colgando en mi jardín. Se inclinó y lanzó certeramente su sombrero, que quedó prendido en un clavo que sobresalía de una de las estacas. «Es algo que se tiene o no se tiene», añadió, dándose a sí mismo la respuesta que yo no le había dado.

«¿Sólo es necesario quererlo y ser capaz? De todos modos hay que hacerlo», siguió, mientras se echaba a reír con insolencia, y vi que mi vaso de whisky y mi pluma preferida comenzaban a volar hacia él, obedeciendo como esclavos su voluntad. La pluma bailaba y bailaba sobre el borde del vaso. Entonces él exclamó triunfante: «O bien se hacen las cosas como un As, con corazón y con inteligencia, o bien», y en un segundo el supuesto naipe se deslizó valla abajo, «lo deja uno caer cuando se convierte en un dos».

Yo lo miraba atónito, mientras envidiaba al propietario de la casa, que vivía en una tranquila residencia de la tercera edad. «En el arte hay que planificar bien el viaje de regreso, quizás entonces el viaje sea un éxito», gritó en tono patético.

RAFIK SCHAMI

Rafik Schami

Rafik Schami

De repente sonó un estallido y una nube de humo me quitó la visibilidad. Cuando el humo se hubo desvanecido, apareció allí este cuervo. Sus ojos eran idénticos a los de aquel hombre extraño, y tenían su misma mirada triunfal. Le oí murmurar: «Pero bueno, ¿cómo es la fórmula, por todos los diablos, la maldita fórmula del viaje de regreso?».

Cogí a toda prisa mi cámara, que tenía cerca, y la disparé tres veces. Las otras dos fotos, por desgracia, han salido mal, porque el cuervo levantó el vuelo con furia. Y, si no tuviera esta foto que te adjunto, ni yo mismo creería lo que acabo de contarte.

Por cierto, desde que el cuervo se fue volando y profiriendo maldiciones, no ha vuelto a verse a aquel hombre por el pueblo.

El viejo ciego yacía junto a la ventana abierta y escuchaba los sonidos lejanos procedentes de la gran ciudad, que conocía tan a fondo. Dormía y no dormía, pero sus pensamientos le habían parecido tantas veces sueños, que ya no sabía si soñaba o si estaba despierto. Su última visitante se había marchado hacía unas horas, con la mano acarició la suave cubierta de piel del libro que ella le había estado leyendo. Hubo un tiempo en que sus ojos veían y ahora, mientras su dedo seguía las líneas de las tres iniciales grabadas en la cubierta, su memoria tradujo ese contacto en un color, un beige dorado. Rainer Maria Rilke, *Sämtliche Werke*, MCMLV. En su apartamento tenía pocos libros y, de esos pocos, él no había escrito ninguno. Le había pedido a su visitante que trajera la primera parte, porque quería oír de nuevo el poema de la pantera y, mientras ella le leía en un alemán titubeante, él había visto el ir y venir de la pantera en el *Jardin des Plantes*: el eterno, siempre repetido paseo en forma de lazo tras las rejas, la oscura y esquiva mirada del gran gato, que te hacía sentir como si no existieras. «*Ihm ist, als ob es tausend Stäbe gäbe / und hinter tausend Stäben keine Welt.*» Le había pedido que releyera ese fragmento. Ahora yacía inmóvil en la noche cíclica que, al igual que la pantera, siempre vuelve sobre sus pasos. Quien ha visto alguna vez, todavía es capaz de ver en sueños, pero aun sin eso él sabía que ya no estaba solo en la habitación. Un ruido infinitamente suave, unos pies de terciopelo, una respiración, una puerta que se abría silenciosamente, una sombra más negra en la negrura de la noche. Sin embargo, algo no era igual que aquella vez en París, ahora el animal lo miraba, y él, a su vez, observaba con sus ojos ciegos el peligroso resplandor y recordaba las líneas que había escrito en una ocasión sobre ese otro félido, *el otro tigre*. No tenía miedo, sabía que estaba en presencia de algo que le había inquietado durante toda su vida, sabía que ahora sólo existía en el sueño del animal que estaba a su lado y que él mismo había desatado ese sueño al leer el poema. Entonces vio que el gran gato, cuyo resuello recorría la habitación como el suave murmullo del viento, se erguía, cogía el libro con una pata y se lo llevaba como una presa hacia el cepo de sus dientes blancos y afilados; vio cómo cerraba de golpe ese cepo de marfil, daba un salto que parecía a la vez muy rápido y eternamente lento, salía flotando por la ventana abierta y desaparecía (por encima de un cable eléctrico) en una noche en que las estrellas parecían copos de nieve.

La madre ya no está, y cuando cae la noche se nota más que nunca su ausencia inexplicable. La niña se pone de rodillas y se asoma a la cabecera de la cama como a un balcón. Le pregunta al padre que por qué no se van de viaje a buscarla, subiendo por el aire –«esto era un avión, ¿quieres?»–, le hace sitio en la cama entre ella y el osito de trapo, y el padre empieza a leer un libro en alta voz, procurando que no se le note que tiene ganas de llorar. El techo de la habitación se rompe, la cama empieza a subir, hay luz de luna, y las palabras del libro son la hélice que impulsa el sueño. Los perfiles de lo conocido van quedando abajo, hilos de hierba, montañas, ganado, casas, cercas, corre un aire frío. «¡Qué alto! ¡Qué gusto! ¿Por qué no seguimos a ese pájaro? ¿No tendrás miedo, verdad, papá? ¿No tendrás sueño? Sigue leyendo por favor hasta que me duerma.» Pero la niña ya hace rato que ha cerrado los ojos. Y no lo sabe.

CARMEN MARTÍN GAITE

A propósito de una ilustración de Quint Buchholz

Esgrimamos el bisturí de las palabras y procuremos actuar con el orden, la limpieza y la precisión de los mejores cirujanos. Describamos, para empezar, qué es lo que estamos viendo en este precioso dibujo.

Nos encontramos en la hora solemne del ocaso. Una mujer –posiblemente una anciana– está leyendo en el jardín de su casa de campo. Tal vez se trata de un libro de poemas. La anciana está sentada de cara al oeste y de vez en cuando suspira, levanta la mirada del libro y contempla la agonía del sol.

Hay otras cosas en este dibujo, sin embargo, que nos sorprenden mucho más que todo eso: la anciana y el sillón sobre el que está sentada flotan en el aire. Flota también la taza de té, pero no lo hace la tetera y la mesa sobre la que aquélla descansa. No flota tampoco la casa ni la inquietante pala que vemos apoyada en la pared.

Podríamos decir, en un primer momento, que la belleza y la espiritualidad de los poemas que la anciana está leyendo la han liberado de la servidumbre que para todos los humanos supone la fuerza de la gravedad. En este caso, además, no sólo flota el espíritu de una lectora extasiada, sino también su cuerpo y, por extensión, la taza de té.

Esa inquietante pala de la izquierda del dibujo, sin embargo, nos sugiere muy pronto explicaciones mucho más siniestras que también podrían justificar la ingravidez de la anciana.

«Tal vez», pensamos, «esa pala haya servido para enterrar el cuerpo de un anciano egoísta y cascarrabias, recién asesinado por una esposa que le soportó sin rechistar durante medio siglo. Tal vez esa mujer flote porque, después de cincuenta años de disputas conyugales, se siente feliz y puede leer su libro de poemas sin que nadie la interrumpa...»

Javier Tomeo

El embarcadero

He tenido un sueño muy extraño. / ¿Cómo era? / Yo estaba en un embarcadero, y se veía el mar. Un mar claro, lleno de luz, con la línea del horizonte casi borrada. A lo lejos volaban las gaviotas. El embarcadero tenía varios postes, y había una máquina de escribir. Una olivetti, creo, como la que tienes en casa. A su lado, unas hojas y una cajetilla de tabaco. Estas cosas estaban sobre el suelo, un suelo hecho de tablas, que yo me ponía a contar. Eso era todo lo que hacía. Estar allí, y ponerme a contar las tablas. No me explico por qué. / Puede que fuera como contar ovejas. / ¿Contar ovejas? / Sí, como cuando te pones a contar ovejas para inducirte al sueño. En este caso, sería al revés, y estarías contando las tablas para seguir dormido. / ¿Y por qué no querría despertarme? / Tal vez porque tenías una preocupación, y hacerlo sería tener que enfrentarte a ella. / Es una posibilidad. / A lo mejor, esa preocupación tenía que ver con la máquina de escribir. / ¿Qué quieres decir? / No sé. Algo que te preocupaba en relación a esa máquina, y a los papeles que había debajo. / Ya. / Puede que alguien te los hubiera dejado. Que esas páginas fueran un cuento. Y tú tuvieras que decirle lo que te parecía. / ¿No estarás pensando...? / Sí, estoy pensando eso mismo. / Pero sabes que no tienes razón. / Lo pienso porque lo has dicho tú. / ¿Qué? / Que la máquina era como la que tengo yo en casa. Que es mi máquina de escribir / Yo no he dicho eso, pero aunque así fuera nada te autoriza a pensar que los papeles sean tu cuento. Además, ya sabes que me ha gustado mucho. / No es verdad. Sólo lo dices porque quieres seguir acostándote conmigo. Es una vieja historia. El escritor famoso halaga a la pobre muchacha que acude a pedirle consejo con el único propósito de llevársela a la cama. / Pero bueno, ¡si estás llorando! Mi cielo, mi niña, no tienes razón, estás completamente equivocada. Te lo he dicho y vuelto a decir, tu cuento me parece extraordinario. / No, no te lo parece. / Claro que sí. / Entonces, ¿por qué hacías una cosa tan tonta? Por qué, si estabas en un lugar tan precioso, te ponías a contar las tablas del suelo?

Gustavo Martín Garzo

Hace calor. El hombre está leyendo, pero lo que lee no lo sabremos nunca. El pájaro está hambriento. El agua es poco profunda. El pájaro traza varios círculos alrededor de la barca. Ésta es la razón de que exista el dibujo.

El archivador extraviado

Han estado de pie, en esta postura, casi cien años. Los talones juntos, las espaldas y las cabezas rapadas inclinadas dócilmente, como a la espera de la reprimenda de un superior todavía por llegar. Tres seres mudos, petrificados en el cuarto trasero de un oscuro negocio, de mobiliario anticuado y caduco sistema de clasificación. Incluso la luz del día que cae sobre ellos es polvorienta. Reina el silencio de un edificio ocupado por empresas al borde de la quiebra.

El archivador importante se extravió, pero ahí está ahora, en lo alto del armario. Tendrán que buscar un taburete o ponerse de puntillas para alcanzarlo. En tal caso, puede ocurrir que el pesado archivador caiga encima de una de sus cabezas, se abra de golpe y desparrame sus hojas por el suelo de la habitación e incluso más allá de la puerta, que se acaba de abrir a una fuerte corriente de aire y a la oscuridad nocturna.

Ése es el motivo de que duden. Por eso inclinan ante él las cabezas con tanto respeto.

El primer libro que leí, cuando entré en la biblioteca, resultó extremadamente difícil. Había jurado no cerrarlo hasta que hubiese penetrado sus misterios. Era muy joven entonces –ahora tengo casi medio siglo– y en mi ingenuidad creía que este libro iba a traerme todas las respuestas.

Logré por fin acabarlo. Pero, aunque lo he leído hasta la última página, he podido darme cuenta de que el libro no hace más que plantear preguntas.

La respuesta, creí comprender, está en el tomo segundo, aquel que deposité en el suelo junto a mí, cuando me senté a la mesa. A lo largo de los años los volúmenes se han acumulado, y la pila, encima del primero, alcanza el cielo y las estrellas. ¿Cómo, aunque fuese un ángel, podría, desde la cima, llegar a la primera piedra de la columna? ¿Cuántas vidas de hombre necesitaría para desmantelarla?

El ecuador ha sido cruzado. He iniciado la segunda parte de mi recorrido. No tengo elección: releeré el libro desde la primera página.

*

A nosotros, que siempre volamos en la luz, a la velocidad del espíritu, ¿quién nos librará de la maldición del sentido?

Se dice que allá arriba, en el reino de la gravedad, el Verbo se ha hecho cuerpo. Las palabras son tan pesadas como piedras; las frases tanto como cadenas montañosas; puntos y comas pesan en la página como calderilla en un monedero.

Cuanto más subimos, más gruesos se hacen los volúmenes. Es imposible levantarlos. Se dice que el último de todos, absolutamente carente de sentido, se hundirá, abismado en la sima de su propia materia, como esas estrellas, llamadas enanas negras, tan densas que cabrían en un dedal.

Sin embargo, los pies en alto, pegado al techo como una mosca, he aquí uno que parece no dudar de nada. Lee y a cada página comprende un poco menos el texto. ¡Feliz mortal! En vez de quejarse, ¿acaso no debería alegrarse? ¿Qué sabe él, este hombre con cabeza en forma de manzana, de nuestras inquietudes, de nuestra esperanza?

Soy el poeta del agua.
En mi juventud canté la melancólica
grandeza de los mares del norte
y la serena magia de un arroyo
de montaña en estío. Pasé horas
contemplando los ensoñados lagos
de mi patria, y en el sur escuché
el ritmo de las olas y el suave
tintineo de los guijarros
bajo un cielo generoso.
Dediqué su tiempo a las nubes oscuras
y a todas las gotas de agua.
Pero ahora he vendido mi casa,
he abandonado mi infancia,
he regalado mis libros,
he esparcido por la playa mi ambiciosa
colección de piedras y moluscos
para que el mar los recupere.
La copa se ha roto.
También se ha apagado la sed de papel,
escribo mi último poema.
Ante mí un lago de sombría quietud,
en torno a mí todos los hombres
que fui una vez.
A mi espalda, surgiendo de la naturaleza,
la otra agua asciende.

MICHAEL KRÜGER

No, querido mío, eso es todo. No pienso regresar. Devuelve, pues, los libros, la lámpara y la mesa (¡cuidado, todavía hay encima una taza de café!) a la casa. Regresa a tu hogar alemán. Y olvídame. Y, por favor, déjame literariamente en paz. No quiero convertirme en objeto de una novela, ni siquiera de un cuento o un relato. Para ser sincera, incluso me disgustaría un poemita, porque intuyo que, desgraciadamente, también se trataría sólo de un poema de amor. No tienes ni idea. Vosotros, los intelectuales, sois todos iguales. Cuando les hables de mí a tus amigos –supongo que lo harás con profusión–, no vuelvas a llamarme tu sirena. Por mucho que bebas, no te convertirás nunca en aquel joven que se habría arriesgado sencillamente a arrojarse de cabeza al agua. No soy la amada adecuada para hombres con ideas románticas. Prefiero regresar de nuevo mar adentro, allí donde, como tú dices, «me rodean los tiburones que me hacen la corte». Sí, querido mío, deslizarse veloz entre dos olas, eso sí es divertido. Seguro que las mujeres de tu tierra firme compartirán mis sentimientos. Pregúntaselo.

Wolf Wondratschek

De camino

A primera vista mi vida puede parecer excepcional, pero, en realidad, conlleva una rutina, que me resulta agradable.

Paso por villas y pueblos. Nunca duermo en el mismo lugar dos noches seguidas. Me gusta llegar a cualquier población hacia el crepúsculo. Nadie me conoce ni imagina lo que voy a llevar a cabo allí al día siguiente. Sin llamar la atención, vago por las calles e inspecciono las plazas hasta encontrar el lugar más adecuado. Pongo mucho cuidado en no entablar conversación, ni siquiera la más banal, con los lugareños. Incluso esquivo sus miradas para evitar cualquier tipo de contacto con ellos.

Al día siguiente por la mañana, tomo un ligero desayuno. Después me dirijo despacio hacia el lugar que escogí la noche anterior, entre las dos torres de una iglesia o entre los torreones de un castillo. Me mojo el dedo con saliva, y compruebo la dirección del viento y su fuerza. Esto lo hago únicamente en honor del hombre que me enseñó a andar por la cuerda

floja. También él lo hacía en honor a su maestro, aunque, en realidad, el viento no los había amedrentado nunca a ninguno de los dos.

Después coloco un sombrero en el suelo, para las monedas, y subo al punto más elevado al que nadie antes haya llegado en el pueblo. Una vez allí, en las alturas, empiezo a tensar la cuerda. Esta tarea lleva su tiempo. Hay que tener mucho cuidado. Entretanto, por todas las calles, empieza a afluir la gente. Se congregan a mis pies. Gritan y me dan voces. Yo no contesto. Pasan vendedores diligentes ofreciendo su mercancía. No me cabe la menor duda de que van a ganar con mi actuación mucho más que las pocas monedas que yo encontraré en el sombrero.

No utilizo red de protección ni permito que los bomberos sostengan mantas extendidas debajo de la cuerda.

La función no dura más de tres minutos: voy y vuelvo.

A mitad de la cuerda, en el punto que he marcado con una raya roja, dejo caer de la manga una pluma, para oír el rumor aterrorizado del público.

El paso más difícil es el último, cuando uno de mis pies se adelanta ya hacia el escalón de piedra cercano y el otro continúa en la cuerda.

Tras la actuación desciendo y recojo el sombrero. Casi siempre encuentro en él suficientes monedas para sustentarme durante ese día. La gente me rodea, me habla, pero yo no contesto. Espero a que los muchachos más atrevidos suban a soltar la cuerda. Entonces la enrollo bien en una madeja compacta y la guardo en la maleta hasta el día siguiente.

Después me marcho apresuradamente de allí.

Ya lo he dicho antes: jamás duermo en el lugar donde he actuado. Aborrezco el sitio en que se ha desarrollado la función y no puedo permanecer ni un momento en la ciudad o en la aldea cuyos habitantes se han congregado para verme.

En cambio, éste es el lugar donde me gusta estar: justo a medio camino entre dos pueblos.

El pueblo de ayer queda atrás y nunca regresaré a él, mientras que el siguiente todavía no se avista.

Ahora estoy solo.

Sopla una ligera brisa.

No sé qué suerte de inclemencia está cayendo a plomo sobre el paisaje. La carretera, con trazas y mañas de río, simula apacibles aguas cristalinas y se aleja bajo la llovizna. El esplendor de la hierba todavía no es más que una promesa bajo el cielo de mármol uniforme, sin mácula, sin una grieta de luz. Más allá de semejante atmósfera atribulada se esconden auroras radiantes y rosadas nubes de algodón. La lluvia impalpable pudo haber caído hace muchos días, o tal vez meses, y hasta podría ser que aún no hubiese caído: podría estar parada en el aire, en suspenso, acechando la mansedumbre de la llanura, abrumando la senda que reluce y serpentea alejándose. En los pentagramas casi invisibles que sostienen los postes del telégrafo no se posan pájaros, ni corcheas ni palabras, y el asfalto espejea con tal porfía y pulcritud que no me extrañaría que no llevara a parte alguna. Solamente la escritura abierta como una casita al borde del camino, y el velomotor parado ante ella, expectante y dócil, sugieren un vínculo afectivo, al compartir respectivamente una presencia y una ausencia: el fantasma de una voluntad ilustrada, doméstica e itinerante. Consustanciados libro y vehículo, refugio y sendero. Bajo este cielo desleído, en medio de tanto esplendor aplazado, la lectura ofrece cobijo.

Juan Marsé

Juan Marsé

Juan Marsé

Quizás haya mirado y no haya visto.
Quizá intente ver sin mirar:
en la página en blanco.
Quién sabe si en el papel sin mácula
–la página está en blanco, pero no vacía–
vea lo que el ingenio, en pie,
no logra detectar.
Sin embargo, quizá haya mirado y haya visto.
Y dé la espalda ahora a la visión,
para olvidarla.
O para descifrarla
en el blanco encuadernado.
Bien pudiera ser, no obstante, que el blanco sobre blanco,
en apretados renglones y en tinta glauca, le anuncie
lo que habrá de ver
si un día
decide recurrir al artefacto para mirar.
Decisión más que improbable.
Al menos, reñida casi
con la que parece ser su voluntad,
o fue
cuando la tuvo
para sentarse
justo en la línea divisoria que separa lo mismo de lo igual.
Porque, evidentemente, nada de cuanto le rodea le interesa.
De ahí la siguiente deducción:
quizá ese entorno de tintadas palideces nada tenga que ver
con lo que encierra
–ni con lo que no encierra–
el libro que el hombre sostiene entre las manos.
O no tanto
como para dejarse absorber
hasta el extremo de olvidarse de la cita.
Porque este hombre espera.
No sabemos desde cuándo está esperando,
pero espera.
El volumen al que parece dirigir su atención está en blanco y,
por consiguiente,
su lectura puede durar nada
o ser eterna.

Ana María Moix

Y el hombre puede seguir
esperando siempre.
A no ser que dejara de esperar hace ya mucho.
Imposible saberlo.
¿Lo sabe, acaso, el ojo de Dios,
posado en el vértice
de su triangular sostén?
¿O no es el ojo de Dios ese artilugio,
sino el autorretrato
del artífice de la estampa,
quien,
una vez terminada su misión,
se ha quedado
—como tú, lector—
fuera del dibujo?
Tanta quietud, y tan clara, sólo puede ser una nada:
esa nada que es azul y blanca, la de la entraña iluminada,
la que engaña.

French Kiss

El Profesor Raimundo Peterson Funk, titular de la cátedra J. McDonald Wheetzer de Retórica y Pensamiento Coloquial de la Universidad de Fitz-Bowen, Nueva Escocia, recibió un paquete por correo una tarde oscura y tormentosa. Era un paquete en forma de libro, pesado como un bloque de hielo, envuelto en ese cartón que se utiliza para los libros. Tras unos forcejeos con el abrecartas de ónice y con unas tijeras, el Profesor Funk pudo confirmar su hipótesis inicial respecto al contenido del paquete: se trataba, efectivamente, de un libro.

Ahora bien, es preciso señalar que esto aconteció en una etapa de nuestra historia evolutiva en que los libros ya no eran escritos por autores; en realidad, ya no se escribían en absoluto. Simplemente surgían, alzándose mágicamente desde el vasto mar del inconsciente universal, y sólo eran accesibles a estudiosos doctos en teorías lingüísticas, auténticos héroes y constructores de nuestra cultura. Uno de esos auténticos héroes y demiurgos culturales era el Profesor Raimundo Peterson Funk.

Examinó el objeto, ese libro, ese artefacto. Lo sopesó con una mano. Miró con atención el título. Hojeó las páginas. Se sobresaltó al ver que este volumen, a diferencia de tantos otros incontables que recibía de forma rutinaria, ostentaba con escandalosa audacia el nombre de un autor. ¡Qué disparate! ¡Qué desfachatez! «De», se leía. Hum. «De», en efecto. Tendría que ocuparse de ello enseguida. Obviamente no había leído ningún libro desde que lo enviaran de niño a un campo de verano, pero había descodificado cientos, miles. Sin embargo, la descodificación era una labor enojosa, y, en un día tan oscuro y lúgubre como aquél, no se sentía con ánimos para acometerla. Así pues, depositó el libro en el archivador y se sentó a descifrar un par de cartas.

Fue entonces cuando ocurrió algo pasmoso: el libro empezó a moverse, a abrir sus páginas por sí mismo, y una lengua rosa, húmeda y reluciente, la lengua de un ser vivo y parlante, empezó a emerger del interior del volumen. El Profesor quedó estupefacto. No daba crédito a lo que veían sus ojos. Miraba atónito cómo el órgano se alargaba hasta alcanzar su longitud total y luego volvía sorprendentemente a enrollarse,

T. Coraghessan Boyle

como si le hiciera señas. «Ven aquí», parecía decir. «Ven a mí.» El Profesor se aproximó como hipnotizado, cruzó la habitación y se detuvo cara a cara (para ser más precisos, cara a lengua) ante aquel fenómeno orgánico situado encima del archivador. ¿Qué podía hacer ahora? Sacó su propia lengua, un objeto descolorido, amarillento y blanduzco, abierta como una salchicha, y acarició amablemente con su punta la lengua del libro.

Esto es lo último que se supo de él.

Monsieur, sea cual fuere el siglo neblinoso del que usted procede, los zapatos con los que se ha introducido en mi habitación, las miradas con las que ha apagado las velas y ha cegado el espejo de la pared, y las frases inolvidables, distantes, afectadas y marchitas con las que ha poblado mis sueños de madrugada, no debe olvidar nunca que un apretón de manos puede ser algo insustituible.

¿No deberíamos derramar lágrimas de compasión ante el espectáculo de este escritor solitario y retraído? Esa vieja olivetti. Esa timidez ante el público tan característica de los grandes artistas, un retraimiento que sólo su inaudito egocentrismo consigue doblegar. Esa correctísima boina a la manera de Brecht. La deslumbrante luz allá afuera, tan horrenda y tentadora. Pero esa actitud de exagerada diligencia («¿me querrán?, ¡me quieren!») desaparecerá cuando humildemente se encamine hacia la silla.

Pero ¿dónde está la gente?

En esa habitación interior donde ha creado su vibrante obra no hay más que penumbra, soledad, ensimismamiento y eterno dolor. Tampoco hay gente en la clara habitación exterior iluminada. No vemos a nadie; sólo se distingue el punto central de la pista, el escabel de la fama, iluminado por focos cegadores que ocultan lo que hay afuera. La notoriedad ilumina el centro, que es él mismo, pero impide ver a la gente. Desde esa silla el escritor transmitirá al mundo sus interesantes observaciones sobre la vida, sus experiencias interiores, cosechadas en la sombría habitación interior, libre de la incómoda presencia humana.

Pasa del cuarto interior al exterior, pero los dos tienen algo en común: el aislamiento. Ninguna voz humana le hablará en ninguna de las habitaciones.

Cuando haya transmitido su mensaje al mundo (¿con gente?, ¿sin gente?; no lo sabe, porque los focos de la fama lo ciegan), regresará a la cómoda penumbra de su habitación interior. Claro que merece nuestras lágrimas.

Per Olov Enquist

¿Quién?

O sea que no soy yo.
Al fin y al cabo tengo setenta años…
Y, si alguna vez estuve sentado en una barca,
y seguro que lo estuve,
fue siempre con tranquilidad,
incluso cuando remaba.
No quería caerme al agua.
Y ni a los siete años,
ni siquiera a los diecisiete,
conseguí sostenerme cabeza abajo,
caso de que lo intentara,
cosa que dudo,
y menos todavía en una barca.
En una barca se impone la seguridad.
¿Quién lo salvaría a él,
si se cayera al agua
y nadara tan mal como yo?

Ernst Jandl

El vigilante del depósito de cadáveres estaba dormitando, probablemente borracho, en una silla, inclinado hacia adelante, el mentón hundido en el pecho. ¿Qué había que vigilar allí? Media docena de fiambres amontonados, ¿a la espera de qué? Era tarde. Así pues, saqué a escondidas su ataúd, lo estreché entre mis brazos, contuve la respiración, pasé de puntillas por delante del vigilante, seguí a lo largo del estrecho pasillo y me escabullí por la puerta trasera hacia el aparcamiento. Había cuatro o cinco coches, manchados de nieve sucia, como animales cansados, a la espera del amanecer en que despertarían con un gruñido. Sólo entonces me di cuenta de lo mucho que pesaba el ataúd, con ella dentro. La excitación provocada por el robo del cuerpo, que me había proporcionado fuerzas suplementarias, había concluido: el ataúd y ella en su interior eran endiabladamente pesados, y el frío cortante que me daba en la cara y en las manos resultaba doloroso. ¿Qué hacía yo allí y dónde iba a ir? Preguntas que no se me habían ocurrido antes. Lo único que me había importado hasta aquel momento era el cuerpo de ella dentro del ataúd; y la idea, que me había inducido a secuestrarla, de lo que le harían en nombre de alguna hazaña científica por la mañana: despedazarla, partirla en rodajas desde la barbilla hasta la entrepierna, separar la piel a derecha e izquierda, extraer en primer lugar el corazón, luego el hígado enfermo y Dios sabía qué, introducirse en ella, tocar las porosas partículas de sus pulmones, sacarle el estómago y la arrugada matriz, colocarlo todo en un líquido lubricante, redactar un informe, ¿de qué? Era insoportable. Yo sólo podía recordar su piel blanca como la nieve, caliente y palpitante cuando nos aferrábamos el uno al otro; y el aspecto que tenía en nuestra primera cita, sombras azules bajo los ojos y unos labios carnosos ligeramente abiertos mientras decía «hola»; y el olor agridulce de su cuello. Era una noche fría. Si la policía me daba el alto, echaría a correr, la Ópera estaba a dos manzanas, pero iba a encaminarme hacia el río. Allí recuperaría el aliento, y abriría el

ataúd, y la sacaría para estrecharla entre mis brazos. El río no haría preguntas. La depositaría en el agua e iría tras ella. Unidos en un abrazo desesperado, flotaríamos con suavidad en las aguas de la medianoche, hasta llegar al meandro, y giraríamos luego hacia el sur, camino del más negro de los mares. Más no podía hacer por ella. Desperté abrazado a una almohada.

Hoy he tirado mis viejos zapatos marrones. Los llevaba desde hace años, les había cambiado dos veces las suelas. Es natural que les tuviese cariño. Recuerdo muy bien el día que los compré. Estaban en un escaparate de Lugano y tenían la punta redondeada, como deberían tenerla siempre los zapatos y como casi nunca la tienen. Con la punta estrecha destrozan los pies, pero cualquiera se lo hace entender a los fabricantes o a todos los que compran zapatos de punta estrecha. Entré en la zapatería sin que me acometiera el malestar que me suele invadir al pensar que la dependienta me hará probar una cantidad enorme de zapatos y que al final no encontraré los que busco. Me probé los zapatos y me estaban muy bien. Sólo una duda: llevarme un par o llevarme dos, en cuyo caso ya no tendría que volver a preocuparme en lo que me quedara de vida. Por último me llevé sólo uno, para que el futuro quedara un poco más incierto. «¿Desea la caja de cartón o prefiere tal vez una bolsa?», me preguntó la dependienta. Yo me interesé por sus estudios, puesto que se expresaba con tanta propiedad. Al otro lado del escaparate se veía la plaza, al término de la cual resplandecía el lago, y varios tenderetes callejeros a los que me acerqué cuando salí de la zapatería.

Los zapatos he tenido que tirarlos. Cerré la puerta del dormitorio y me quedé un rato a solas con ellos, en silencio, como hacen los rusos antes de irse de viaje. Dije mentalmente unas palabras de despedida: «Queridos zapatos, gracias por haberme ayudado a caminar cómodamente todos estos años. Ya sé que en un mundo mejor os pondrían en un bonito armario, junto a otros zapatos amigos retirados. De vez en cuando yo os iría a ver, a daros una cepillada, a calzaros unos momentos, en recuerdo de los días que pasamos juntos. Pero no se puede. Tengo que tiraros a la basura. Así lo quieren las reglas de este maldito mundo. Perdonadme».

Aldo Buzzi

El poeta de Kelsterbach

En Kelsterbach, al sur de Hessen, tuvo lugar un extraño suceso el año 1996. El representante más famoso de la poesía de sonidos de Kelsterbach, provisto de cinco palancas que sustituían a los cinco sentidos, perdió, tras haber cambiado las piezas mecánicas por microchips electrónicos, la facultad de poner en práctica de modo satisfactorio el resultado físico de los sonidos fricativos, oclusivos y explosivos con ayuda de primorosos tubos, válvulas y espoletas. Con ello perdió también el favor de sus seguidores, que valoraban en grado sumo este arte de habla mecánica.

Por fortuna, aquella ranura sin alma que expedía tarjetas perforadas se convirtió de nuevo, gracias a una operación estética, en una boca animada, en la que, sin embargo, sería inútil buscar tubos, válvulas y espoletas en lugar de dientes, lengua y paladar. Así ha surgido del hombre-máquina físico el hombre-aparato electrónico, cuyos rasgos de máquina y de aparato son ya irreconocibles. Lleva camisa y chaqueta, patillas, bigote y barba, y se parece mucho a un narrador recientemente fallecido, que, sosteniendo en una mano un libro abierto, y con los ojos cerrados, va extrayendo palabras de la cavidad bucal. Celebra así, de forma tan refinada, la poesía de sonidos de Kelsterbach como si fuera la cosa más natural del mundo. ¿Qué opinar acerca de la afirmación según la cual tras un rostro humano no puede esconderse ninguna máquina?

LUDWIG HARIG

schwirrten

Cuadrilla

Tenía unos pechos tan bonitos que ninguno de nosotros se fijó en su preciosa cara. Mientras bailaba, su pareja se arrodilló y le puso la mano en el vientre. Entonces sintió el dolor por primera vez. Duró doce años. Un dolor tenue, a veces fuerte, casi siempre soportable. Pero una noche el dolor se hizo agudo, como un pinchazo. Fuera de sí, la mujer arrojó primero desde la cama el libro que estaba leyendo, después el almohadón con el que intentaba asfixiar el dolor y corrió despavorida en busca del médico. Cuando el médico la examinó con los rayos X, vio en su interior el diminuto pero perfectamente acabado esqueleto de una niña de doce años.

Tuvo que escudriñar en sus recuerdos para calcular quién era el padre.

MILORAD PAVIĆ

Yo había olvidado cerrar el agua. ¿Por qué recordaba esto y no mi propio pecado? Tal vez para ocultar mi propio pecado. Porque advertí de inmediato que alguien capaz de hacer algo tan atroz con el libro querría también leer mis pensamientos. Quería infundirme miedo, quería que yo dejara vagar los secretos pensamientos por mi mente, pero yo me controlé. Si yo los pensaba, él los descubriría. ¡Por lo tanto, no debía darle ninguna información acerca de mí mismo aparte de mi miedo y mi sorpresa! De todos modos, había algo profano y artificioso en su modo de actuar. Como los actores de una película, había utilizado unas tijeras y a continuación había colocado el libro cuidadosamente a un lado, para que yo me asustara cuando volviera a entrar en la habitación. Asustado lo estaba, pero luego recordé que había olvidado abierta la llave del agua. El agua rezumaría por todas partes en pequeños arroyos. Todo lo demás no me importaba nada; tampoco tenía por qué preocuparme. Porque en mis libros no pongo mis pensamientos secretos, sino mi corazón.

Mister Smaller se sentía verdaderamente muy incómodo entre la página 43 y la 44. Sabía que alimentaba grandes sentimientos. Había hecho lo posible por hablar con el Escritor, incluso le había dicho que estaba dispuesto a hacer de Protagonista Comprometido. Y se lo había dicho en francés, «*engagé*», porque le parecía más chic. El Escritor lo había mirado con desconfianza y le había preguntado: «¿*Engagé* en qué sentido?». Mister Smaller había respondido con sencillez: «Políticamente *engagé*, y no es nada fácil». El Escritor había torcido el gesto. «Eso ya no se usa», le había dicho. «Confórmese con estar en la página 43 y darle un cigarrillo al Gran Protagonista, que es un hombre metafísicamente desesperado, un verdadero neo-neo-neorromántico.»

Y así fue como Mister Smaller acabó encerrado en la página 43. El tipógrafo acababa de componer su nombre: S-m-a-l-l-e-r, y se fue a beber una cerveza. Mister Smaller aprovechó la ocasión: retiró la letra S como si fuera una nariz, la letra M como si fuera una frente, la A como si fuera una boca, las dos L como si fueran los brazos, la E y la R como si fueran las piernas. Y con sus dos piernecitas se largó. Dejó un mensaje para el Escritor: «Me voy a buscar otra novela. Adiós y que tenga usted suerte con la metafísica».

Y Mister Smaller no volvió a aparecer. Todavía lo andan buscando.

Antonio Tabucchi

Justo delante de la ventana está el mar. Se ve una gran ballena, en cuya boca está sentado un hombre que no tiene ni pizca de miedo. Por el horizonte navega un barco, regido por un capitán con un solo ojo y una mano de hierro. Es un barco pirata. Pone rumbo hacia una islita, donde vive un hombre que entiende el lenguaje de todos los animales; un pato le hace las tareas domésticas. Es la pura verdad. Cosas así existen. En la isla vive también un carpintero que, por soledad e insensatez, talló un muchacho en un pedazo de madera de pino. Pero éste no le proporciona muchas alegrías, ya que miente más que habla y, cada vez que miente, le crece la nariz. Ahora, por excepción, no está mintiendo, sino durmiendo bajo un árbol, entre cuyas raíces salta un conejo blanco que se saca del chaleco un reloj de bolsillo, mientras grita: «¡Dios mío! ¡Dios mío! ¡Voy a llegar tarde!». Cruza por el cielo una bandada de patos salvajes, y sobre el plumaje del primero de ellos cabalga un muchachito, que vuela sin miedo por encima del mar. Casi puede alcanzar la pálida luna, que se ve –¿ya?, ¿todavía?– por entre las nubes, y en la que otro muchachito da vueltas y vueltas en una camita de ruedas. Y delante, justo frente a la casa, quince pingüinos elegantemente vestidos avanzan a paso de marcha cantando: «Iremos a las montañas con el rocío matutino, ¡tralarí, tralará!». Pero las montañas se ven muy a lo lejos, en el horizonte, y, si uno entorna los ojos, se levantan hasta las altas cumbres donde Heidi y Peter cuidan de las cabras.

Para un dibujo de Quint Buchholz, que muestra por qué es tan importante que las niñas pequeñas tengan libros.

El último día de Georges Simenon

La juventud del más prolífico de los novelistas del siglo XX quedó marcada por una prueba imborrable.

Quería ser escritor. Quería ser profesional. Quería ser popular. Un día de 1922 le encerraron dentro de una jaula de vidrio en la mayor cervecería de Lieja, su ciudad natal. Allí debía escribir su próxima novela. Sus compatriotas, con una jarra de cerveza en una mano y un cigarro en la otra, acudían riendo a ver al escritor en su tarea. A través de los vidrios, le ofrecían consejos y le incitaban burlones.

Ha llegado ahora al final de su vida y vuelve a encontrar *en negativo* la prueba iniciática de sus veinte años. La atmósfera cargada de risas, de gritos y humos de la cervecería de Lieja ha cedido lugar a un paisaje de nieve pura, solitario y glacial. Camina despacio. Sus huellas se inscriben en la página en blanco del campo nevado, evidente alusión a una de sus novelas más conocidas, *La nieve estaba sucia*. Pero estos pasos también son el símbolo de la escritura que mancilla la blancura del papel.

Logra llegar a un refugio endeble, barrido por todos los vientos, donde le esperan una mesa, una silla, un paquete de hojas vírgenes y –¡oh ironía!– un jarrón de flores. Todo ello indica que sólo tiene que sentarse, quitarse los guantes y ejercer su oficio de escritor. Tras el tabique de tablas de madera, un camarero trae en una bandeja una inmensa pila de libros.

Él se queda inmóvil, helado, alelado ante esta trampa vertiginosa.

Se pregunta: «¿Estoy ya muerto? ¿Es esto el infierno?».

MICHEL TOURNIER

Hay guerra de nuevo y se escucha la radio con más frecuencia. Surgen del altavoz, se mezclan y se entrecruzan diferentes señales y diferentes voces en diferentes idiomas, por esa razón hay que poner el aparato muy bajo y pegar a él el oído, porque, caso de no hacerlo, se oiría en el vecindario, y, caso de oírse en el vecindario, quizás te denunciaran por escuchar emisoras enemigas, y, si te denunciaban, te detendrían, y, si te detenían, te torturarían, te matarían.

Pero el señor Fridolin no escucha la radio, sino sus libros, situados en un estante. De ellos no surgen sonidos, ni voces, sólo silencio. Pero este silencio se corresponde exactamente con su desánimo por el desacuerdo que impera entre los seres humanos. Sólo se les oye cuando discuten y se acusan entre sí. Cuando deberían ponerse de acuerdo, callan. Y estos libros, estos voluminosos depósitos de entendimiento, reflejan fielmente, con su silencio total, el fracaso de la humanidad que percibe el señor Fridolin.

Estaba en casa, escribiendo mi libro. En páginas: un poco más de la mitad, momento en que me empieza a gustar, a gustar de veras, lo que estoy escribiendo... aunque eso no significa que el libro sea a partir de ahí más fácil de escribir. Me sentía agarrotada. Tenía sueño. La heroína de mi novela acababa de tener una rabieta y me había dejado exhausta. Quería acostarme, pero no en la cama, que está en otra habitación, ni tampoco en el sofá. No quería abandonar mi libro. Sólo quiero dormir unos momentos. Escribir es volar. Y mi equilibrio interior exige ahora que me acueste. Felizmente agotada, necesito el libro para que me mantenga pegada al suelo. Bajo la nítida luna y el aire plateado, sobre la hierba recién cortada, debajo del libro (a un poco más de la mitad); por tanto, fuera del alcance del teléfono y del fax, y lejos de otros libros, de los múltiples libros que admiro de otros autores, que te protegen del monstruo televisivo que devora tu cerebro... Como veis, me he alejado de todo. Incluso de mi propio libro, que me resguarda. Encima el libro, debajo la tierra. Sea lo que sea lo que sueñe sobre mi libro, apenas lo recordaré cuando despierte. Escucho el latido de la tierra.

Susan Sontag

Estaba harto de esta vigilancia ininterrumpida de los vecinos, de los compañeros, de sus niños, de su amante, de su esposa. «¿Dónde estabas? ¿Dónde vas? ¿Por qué haces esto y no lo otro? Venga, ¡respóndeme! ¿Por qué no dices nada? ¿En qué piensas? ¿En qué piensas ahora mismo? Dímelo, ¡dímelo!»

Un día se encerró a cal y canto. Aporrearon su puerta. Calló. Le miraron por la ventana. Corrió las cortinas. Taladraron un agujero en la puerta, y vio un ojo que le observaba.

Al día siguiente, a las cinco de la mañana, se puso un sombrero, cogió algunos libros y un paraguas. Después de caminar treinta y tres horas, se instaló en un paisaje vacío y amplio, donde no había nadie. Decidió quedarse allí para siempre. Primero pensó ocupar su tiempo con los libros. Pero estar solo era una felicidad tan perfecta que quiso disfrutarla en estado puro. No hizo, pues, nada, salvo, de vez en cuando, tomar un sorbo de café de una taza que, milagrosamente, se colmaba sola.

Por desgracia un pintor lo descubrió. Después de observarlo mucho tiempo con su telescopio, lo dibujó. A traición, pérfidamente, como un asesino. ¡Que mueran los pintores que se prestan al juego sucio de los fotógrafos! ¡Que sean empalados y capados los que violan el refugio donde se ha exiliado una soledad!

Imploro a quienes hallaren este cuadro indiscreto que lo destruyan de inmediato. ¡Pues es preciso impedir, al precio que sea, que él lo vea! Si lo reconoce, su felicidad se derrumbará y no sé, ciertamente no sé, qué será de él.

Turno de preguntas

Me había esforzado por presidir la reunión de la junta parroquial con mano firme, cuando, al llegar al último punto del orden del día, Johannes Jobse formuló la siguiente pregunta: «¿Quién de vosotros se ha encontrado ya alguna vez con un ángel?». Vi el desconcierto en los rostros de los otros miembros de la junta. No pude hacer otra cosa que dar una fuerte palmada en la mesa de roble. «Se levanta la sesión.»

Johannes Jobse se puso el sombrero, cogió su cartera y abandonó la sala de reuniones a largas zancadas. «Se ha vuelto loco. ¡Voy tras él!», gritó el secretario. Yo me pregunté si debía ir a casa por el camino más corto o por el algo más largo que atraviesa las dunas. Fue como si una voz interior me or-

IDA VOS

denara elegir el camino que bordea el mar. Por lo visto los restantes miembros de la junta habían decidido lo mismo. Jobse y el secretario caminaban delante de mí. «Y, sin embargo, es cierto. Existen.» (La excitada voz de Jobse.) «Ven, te acompaño a casa. Una copita de aguardiente y volverás a tener las ideas claras.» (La voz grave y tranquila del secretario.) Me di la vuelta. Ya no sé con certeza si noté que alguien me seguía. Sólo durante un par de segundos mi mirada se cruzó con la de unos ojos increíblemente azules, los más bellos que he visto nunca. Estos ojos… el cabello rubio que se agitaba. Sólo ahora me doy cuenta de que aquella tarde no había ni un soplo de viento. Sin embargo, sentí una corriente de aire fresco cuando ella pasó por mi lado. Igual que me adelantó a mí, adelantó a mis colegas de la junta. Vi que dejaba caer algo en el sendero de las dunas. Johannes Jobse y el secretario se agacharon y miraron el objeto. Me uní a ellos. *Noticias del Cielo* era el título del libro que yacía en el suelo. Y en pequeñas letras luminosas: «Noticias de los ángeles a los hombres».

El secretario se quitó el sombrero.

Johannes Jobse alzó las manos al cielo y balbuceó: «Gracias, gracias, Señor».

La última jugada

Es catedrático, probablemente un C4. Yo soy tan poco catedrático que no me fijo en los detalles jerárquicos. El catedrático es la viva encarnación de lo jerárquico. Y el catedrático alemán es, entre todos los del mundo, el que tiene la conciencia más tranquila, pues siempre se halla directamente implicado en la producción de justificaciones y, por lo tanto, siempre sale bien parado. Es decir, el catedrático alemán es siempre la mejor persona. El catedrático del emperador Guillermo, el catedrático nazi y el posterior al sesenta y ocho no difieren en su sentimiento de legitimidad. Todos ellos, no sólo han echado a sus antecesores del cargo, sino que han recibido su herencia. No obstante, hay algo que es preciso aclarar: todo lo que tienen de malo los catedráticos empeora en los que aspiran a serlo o van a serlo próximamente.

He creído necesario repetir una vez más algo conocido por todos, porque nada se olvida tan aprisa como lo que todos conocen. Véase la última jugada del catedrático que me tiene a su cargo. En algún lugar entre Nuremberg y Leipzig, bastante más cerca de Leipzig que de Nuremberg, o sea, en plena llanura, el tren se detuvo en una estación provinciana y abandonada. Podíamos pasear por el andén, casi invadido de nuevo por la naturaleza. Dejé atrás el último vagón, pero volviéndome a cada momento, porque no podía perder el tren cuando arrancara. Una de las veces que volví la cabeza, lo vi a él, al catedrático que me tiene a su cargo. Esta vez llevaba uniforme de chófer. Naturalmente, lo reconocería bajo cualquier disfraz.

Se dirigía hacia el último vagón, haciendo malabarismos con un montón de libros y denotando con su actitud que se veía obligado a cargar con demasiados libros y que estos libros eran demasiado gruesos, o sea, demasiado pesados. Y estos libros los había escrito yo. Todos. Todos los libros eran míos, pero él, por ejemplo, había incluido ediciones de bolsillo y ediciones club, para que la pila fuera lo más alta y aparatosa posible. La clave de la jugada radica, por supuesto, en ir vestido de chófer. Si se presentara como un catedrático que hace malabarismos para transportar un montón de libros, nadie se fijaría en él. Un catedrático con más libros de los que puede sostener es algo cotidiano. Pero aparece de chófer, cargando

Martin Walser

con unos libros que no puede haber escrito él. Mientras que yo, que le voy a la zaga, por temor a que mis libros caigan en la inmundicia, yo soy el autor, eso lo ve cualquiera. Y soy un autor, eso también lo ve cualquiera, que no puede vivir sin sus libros. Su chófer ha tenido que traérselos a una estación de provincias, donde el tren se ha detenido expresamente para ello. Estoy seguro de que el catedrático había llamado a un equipo de televisión, que me estaría esperando a la puerta de mi compartimento para captar la escena y emitirla luego por la noche, comentada, claro está, por él. Mi arma es siempre la huida. Escapé, pues, a campo traviesa, para alcanzar luego mi destino con un tren más lento. Con permiso del catedrático.

El libro como amigo y enemigo

Recuerdo los primeros libros, pocos, que compré cuando era estudiante. Los coloqué en una pequeña repisa y todos los días me acercaba a mirarlos con ilusión. Me sentía orgulloso de poseer mis propios libros. Paulatinamente la repisa se fue llenando de volúmenes y tuve que comprar un pequeño mueble librería. Pronto fueron dos, después tres, finalmente diez. A pesar de ello, ideé un sistema que me permitía encontrar cualquier libro con los ojos cerrados. Más tarde me vi obligado a deshacerme de los muebles librería y a instalar un montón de estanterías que ocupaban tres de las cuatro paredes de mi estudio. Tuve que cambiar el sistema, y desde entonces pierdo a menudo horas enteras buscando un libro que sé con certeza que poseo. O está mal colocado, o (y esto es lo más frecuente) alguien me lo ha robado.

Durante mucho tiempo fue para mí motivo de orgullo poseer una biblioteca bien sistematizada, y, salvo contadas excepciones, no tener que recurrir a una biblioteca pública, ni siquiera cuando me aventuraba en campos tan ajenos a mí como la astrología o cuando tenía que resolver un crucigrama. Últimamente la situación ha cambiado y me horroriza pensar que voy a recibir todavía más libros. Sé que no encontraré espacio para ellos. En los rincones de mi estudio y sobre mi mesa de trabajo se amontonan en un caos total. He llevado a cabo varias operaciones de limpieza, regalando o vendiendo los libros que sabía no iba a volver a abrir. Pero entonces se produce un curioso fenómeno: a los pocos días necesito

Ivan Klíma

precisamente estos libros de los que me he deshecho. A estas alturas soy consciente de que no hay escapatoria. No tengo otro remedio que contemplar pasivamente como mis queridos libros me van expulsando de mi casa.

De los libros se puede afirmar lo mismo que de todos aquellos objetos cuya cantidad sobrepasa la medida de lo soportable: ya sean los coches en la calle, los vestidos en el ropero o las estrellas en el cielo. Estos amigos, que hemos acariciado alegremente con la mirada, se transforman en enemigos que intentan enterrarnos bajo su peso.

Tres hombres me hicieron señas desde la orilla, como si estuvieran en apuros. Hice girar la barca y me detuve junto a ellos. Pero los tres se apoderaron de la embarcación y se alejaron mar adentro. De pie y muy juntos, se repartieron mis pertenencias. Me dirigí a la playa y pensé cómo podía recuperarlas. Entonces un gran pez de color claro dio un gran salto desde el agua y se precipitó en la barca. Uno de los hombres lo cogió y lo golpeó violentamente contra el banco de los remeros. Pero el pez seguía agitándose y brincando, cuando el hombre había agotado ya sus fuerzas. De modo que se acercó el segundo hombre y pisoteó al pez. Pero lo hizo con tal fuerza que rompió el casco de la barca, que en un santiamén se llenó de agua. El pez, todavía vivo, salió nadando por la borda. A los tres hombres se les movió el suelo bajo los pies, perdieron el equilibrio y cayeron al agua. Yo me zambullí y nadé hacia los ladrones, que, con los abrigos empapados, apenas conseguían mantenerse a flote. Con enérgicas brazadas me abrí paso entre el amasijo de sombreros y brazos manoteantes, alcancé la barca, que, libre de carga, todavía no se había hundido, y la salvé del naufragio.

Los momentos del ser

El hombrecito de chaqueta corta
contempla el prado horizontal del mar
al pie de un imponente pedestal
que sostiene al gigante de los libros
—el cual parece todo un gran señor
con sombrero y gabán sobre volúmenes—
que cubre con su sólido paraguas
al hombrecillo que no tiene libros.
Debe estar lloviznando mansamente
porque las tres gaviotas vuelan bajo.
El pequeño no cree que ha de irse
a otro confín; ni quiere suicidarse
pues ni puerta precisa para hacerlo.
Quizá él sueñe igual que lo hago yo
si a la alfombra del mar me asomo acaso;
pero no me protege nadie a mí.
También —ya sin los libros que dejé—
he pensado como Virginia Woolf
llenar de peso todos mis bolsillos
metiéndome en el agua hacia la nada.
Y voy juntando trozos de adoquines
que encuentro en mis paseos. Pero no me decido
y los devuelvo a la ciudad a sus calles
que forman los momentos de mi ser.

José Agustín Goytisolo

Bajo la luz de un proyector

Al principio, el autor pretendió resolver la interpretación del dibujo con un chiste mediocre, variando una frase de Lutero: «¡Él está aquí y no puede hacer otra cosa!». Pero luego le pareció que tal vez supusiera una limitación excesiva de la existencia exhibicionista propia de todo autor. Al fin y al cabo, él tenía más que ofrecer que aquello que ocasionalmente se incluye en el concepto «deleite».

El desnudarse del autor no sólo se produce –véase el símbolo plástico– *coram publico*, o sea, ante un público, sino siempre y en todo momento, incluso cuando está personalmente ausente y se deja sustituir de forma literal por un texto impreso. Hay algo, sin embargo, en común entre el autor y el exhibicionista «normal», que arrastra por parques y lugares apartados su lamentable anormalidad: aquél carece igualmente de todo pudor. Saca afuera lo más íntimo de su interior. Muestra lo más secreto, su alma, la mayoría de las veces una lastimosa realidad o quimera, como se prefiera. Desembucha lo que lleva dentro sin la menor consideración para consigo mismo o para el potencial lector. Deja ver sin reservas sus heridas sangrantes y sus feas cicatrices. No hay perversión que se le oculte: las conoce todas y las enseña con fruición. Sabemos perfectamente que padece una neurosis obsesiva, un impulso irrefrenable de escribir, al que, pese a sus nefastas experiencias (por ejemplo, con la crítica), se ve obligado a ceder una y otra vez. Ni que decir tiene que experimenta placer satisfaciendo este impulso. Como autor compulsivo es del todo incurable: un caso absolutamente patológico, cuya terapia, sin embargo, resultaría letal y mataría al autor. Seamos, pues, benévolos, dejemos que siga entregándose a su perverso y pernicioso juego, y alegrémonos de haber nacido tan normales y tan sanos.

Dante, Paradiso III, 47-48

¡Qué claridad de pronto en la habitación!, dice el hombre viejo a su acompañante.

Es la luna que penetra a través de la ventana, Borges. Ahora es una delgada raja de luna. Dentro de pocos días será luna nueva.

La luna es el sol de los amantes, responde Borges sonriendo. Permíteme que rememore un episodio, María. ¿Recuerdas el encuentro entre la hermosa Picarda y Dante en el cielo de la luna? Dante dialoga con su amiga –a la que conoció en los días de Florencia– acerca de los peldaños de la felicidad. ¿Por qué está Picarda aquí? ¿Percibe ella *la sfera più tarda*, la esfera del cielo situada más cerca de la tierra, como una disminución, una limitación de su felicidad? Porque el cielo de la luna es el cielo más bajo. Su luz es prestada. Alguien que viva en él podría opinar que sería mucho más feliz en un peldaño más alto del cielo. Entonces Picarda explica al hombre que ha formulado la pregunta la razón de que la dicha de los amantes no aspire a una felicidad más elevada. La razón de que ella no precise de ningún aditamento ni ninguna comparación. Después Picarda recita dos versos, que en estos momentos yo oigo de tu boca, formados por tus labios, calentados por tu voz:

E se la mente tua ben sè riguarda
Non mi ti celerà l'esser più bella.

«Y si tu mente los recuerdos guarda, a mi no ha de ocultarte el ser más bella.» Mi vista es borrosa, María. Y, sin embargo, a la luz de la luna y del resplandor de estos endecasílabos, te veo con claridad y nitidez. Nunca fuiste más bella.

LUNA

Vi por primera vez este cuadro en casa del propio Quint Buchholz, en Naburg am Rhein, a finales de los ochenta, los buenos años en los que aún vivía en Schloss Buchholz. No recuerdo dónde estaban nuestras mujeres y nuestros hijos. Pero el resto lo tengo claramente presente: la gran cocina (en aquellos tiempos siempre terminábamos en la cocina), la lámpara a cuya luz nos sentábamos, el vino, el silencio de la noche, la atmósfera vetusta de la casa, la anulación del tiempo que marcan los relojes. Y la certeza del instante en que Quint llegó al oculto centro en torno al cual había dado vueltas toda la velada.

—¿Dónde radica el origen de un cuadro? —preguntó.

Era evidente que exigía una respuesta. Por primera vez vi en Quint hombre la peligrosidad que hasta aquel momento sólo había visto en sus cuadros.

Repetí —¿cómo puede responderse a esta pregunta con algo que no sea una repetición?— aquello que los artistas han respondido siempre: que, cuando un hombre crea, le atraviesa una claridad que no le pertenece, una innominada luminosidad que, al tomar forma, se tiñe de su biografía y de su personalidad.

Quint me dejó hablar. Después se levantó, y yo le seguí, por una serie de salones y por un corto pasillo, hasta la biblioteca. Abrió la puerta y encendió la luz. Bajo dos lámparas se veía una composición como la de este cuadro.

Quint guardaba silencio.

Deseché, por obvias, las dos primeras interpretaciones que me vinieron a la mente. El sentido del bodegón no podía ser que la calidad de un libro equivalga a la de diez, porque en varias ocasiones Quint había rechazado la valoración del arte como intento de resolver el caos de las impresiones, proyectándolo a una escala lineal. La segunda interpretación, opuesta a la primera —que la piedra, la base y la balanza eran la imagen de las leyes físicas por encima de las cuales está la literatura—, era demasiado trivial.

Estaba confundido. Tenía ante mí aquel artificio barroco, intensamente iluminado, a mi lado el silencio expectante de Quint.

Consideré la posibilidad de una alegoría más profunda (y

buscada): pretendía decir que una obra (sin cuestionar por ello su calidad) podía abarcar muchas otras. Como la Misa en si menor de Bach redondeaba, en opinión de Quint, la polifonía vocal sacra del Renacimiento, y *The Gastronomical Me*, de MFK Fishers, completaba doscientos años de práctica gastronómica.

Por unos instantes me pregunté si el equilibrio que tenía delante de mí era una realidad física. Si el único libro de la izquierda era muy pesado –como impreso en finas láminas de oro–, o si los de la derecha eran maquetas huecas.

Entonces Quint encendió otra lámpara. A su luz distinguí los bocetos de este cuadro, que no puedo, y ahora mucho menos, considerar la versión definitiva. Había, calculé, más de cincuenta. De la combinación, habitual en sus cuadros, de ligereza y precisión inhumana, aquí sólo subsistía la ligereza. Habían sido ejecutados muy aprisa y a primera vista eran todos iguales. Sólo al cabo de un rato se hacía patente la diferencia. Desde el primer boceto hasta el último se había introducido un decisivo –¿diría yo irrevocable?– cambio.

Cuando Quint habló, advertí de pronto lo cansado que estaba. Cansado y, sin embargo, exultante.

–Quiero ver las cosas como son. Al desnudo. En cierto modo lo he logrado. Las he visto, mientras pintaba. La mujer. El niño. El animal. El vino. El libro. Lo he pintado todo. Ahora tengo cuarenta años. Ahora quiero pintar lo último, lo único que todavía no he visto. La fuente. La luz. Lo que sólo vemos cuando llega. Quiero pintar un objeto y, al mismo tiempo, la fuente de donde procede la fuerza para pintar. Llevo una semana sin dormir. He pintado cada día siete cuadros. En cada cuadro una parte de mí se ha acercado un poco más a la fuente. Dentro de cuarenta años la veré directamente.

Se encaminó hacia la puerta.

–Cuando uno lo consigue –prosiguió–, empieza a desaparecer. En el primer cuadro, noté que un punto de mi piel, situado bajo el ojo izquierdo, estaba desapareciendo. En el último, me había desaparecido la mitad de la cara.

Se quedó unos momentos mirándome. Luego se marchó.

Me acerqué a la composición. El libro de la izquierda era una antología, editada en Inglaterra en los años cincuenta, del místico tibetano del siglo XII, Longchen Rabjam. Llevaba un punto de lectura. Abrí el libro. Quint u otra persona había subrayado una frase.

«Busqué al observador.»

Y más abajo:

«Dirija la mirada a la esencia de la consciencia. Nadie ve nada y no hay nada que ver.»

A la mañana siguiente, esperé inútilmente en la cocina. No compareció. La puerta de la biblioteca estaba cerrada, pero me pareció oírle trabajar en el interior. Mi autocar salió antes del mediodía.

Desde entonces no le he vuelto a ver. No ha contestado mis cartas. La editorial Hanser me informa de que ya no tiene teléfono. Ahora sólo le encuentro en sus cuadros. Son cada vez más paradójicos. Trémulos, inquietantes, irreales y, sin embargo, de una precisión extraordinaria. La luz cada vez más intensa y arriesgada. Tal como él dijo. En cada cuadro está más cerca de la fuente. El mundo cree que Quint Buchholz es cada vez más grande. La verdad es otra. Son los cuadros los que crecen. Quint Buchholz está desapareciendo. Lo percibo. Los últimos los ha pintado casi sin estar él presente. Pronto quedará sólo la mano que sujeta el pincel. Después, sólo el cuadro. Al final quizás ni siquiera esto. Al final tal vez sólo la luz.

No mira hacia atrás el infame o redentor barquero porque conoce muy bien lo que queda a su espalda, de ello huye o de ello viene o allí ha robado su cargamento de libros, no se sabe si va a hundirlos en el lugar más profundo de la laguna, allí donde las inaudibles voces de los ahogados y de algún descreído duende cuentan otras historias que jamás serán impresas ni tendrán volumen. O si los está salvando de una nueva quema o una nueva codicia, como si fueran oro viejo y pesado que podría hacer zozobrar la barca si se rizara el agua o una tempestad la enfureciera. El mar o laguna está tan en calma que casi parece oleaginoso, en realidad no es posible que esa embarcación avance con su escuálido remo para el que no hay esfuerzo y su vociferante carga como de condenados, o si no de fugitivos del ya conocido mundo pasado y perdido, la barca como una carreta llena de espíritus nobles arrastrados al patíbulo. O es acaso mujer el barquero y entonces es más posible que sea salvador su viaje hacia el tiempo anterior o hacia el aún nunca visto, el intento de preservación de lo ya sabido y transmitido y contado, el hilo de la continuidad y el vínculo escrito en el agua de los vivos y los muertos callados, como el nombre del poeta joven que se rindió en Piazza di Spagna, y *whose name was writ on water*. Y así esta imagen, como aquella frase, quizá sea sólo una despedida, o más bien un epitafio.

John Berger, nacido en 1926 en Londres, reside en un pueblo de montaña de la Alta Saboya.

T. Coraghessan Boyle, nacido en 1949, reside en Montecito, cerca de Los Ángeles.

Hans Christoph Buch, nacido en 1944, reside en Berlín.

Quint Buchholz, nacido en 1947 en Stolberg, reside en Ottobrunn, cerca de Munich.

Aldo Buzzi, nacido en 1910 en Como, reside en Milán.

Iso Camartin, catedrático de universidad y escritor independiente. Nacido en 1944 en Chur, reside en Zurich.

Martin R. Dean, escritor y profesor de universidad. Nacido en 1955, vive en Basilea.

Per Olov Enquist, nacido en 1934, reside en Estocolmo.

Jostein Gaarder, nacido en 1952, reside en Oslo.

José Agustín Goytisolo, nacido en 1928 en Barcelona, donde reside actualmente.

David Grossman, nacido en 1954 en Jerusalén, donde reside actualmente.

Ludwig Harig, nacido en 1927 en Sulzbach, Sarre, donde reside actualmente.

Elke Heidenreich, escritora y periodista. Nacida en 1943 en la cuenca del Ruhr, reside en Colonia.

Peter Høeg, nacido en 1957 en Copenhague, donde reside actualmente.

Ernst Jandl, nacido en 1925, reside en Viena.

Ivan Klíma, nacido en 1931, reside en Praga.

Michael Krüger, nacido en 1943, reside en Munich.

Milan Kundera, nacido en 1929 en Brno, reside en París.

Günter Kunert, nacido en 1929 en Berlín, reside en Itzehoe.

Javier Marías, nacido en 1951 en Madrid, donde reside actualmente.

Juan Marsé, nacido en 1933 en Barcelona, donde reside actualmente.

Carmen Martín Gaite, nacida en 1925 en Salamanca. Vive en Madrid.

Gustavo Martín Garzo, nacido en 1948 en Valladolid, donde reside actualmente.

Ana María Matute, nacida en 1926 en Barcelona, donde reside actualmente.

Eduardo Mendoza, nacido en 1943 en Barcelona, donde reside actualmente.

Ana María Moix, nacida en 1947 en Barcelona, donde reside actualmente.

Herta Müller, nacida en 1953 en Nitzkydorf, Rumania, reside en Berlín.

Cees Nooteboom, nacido en 1933 en La Haya, reside indistintamente en Amsterdam, Berlín y Menorca.

Amos Oz, nacido en 1939, en Kerem Avraham, en las afueras de Jerusalén, reside en Israel.

Orhan Pamuk, nacido en 1952 en Estambul, donde reside actualmente.

Milorad Pavić, nacido en 1929 en Belgrado, donde reside actualmente.

Marc Petit, nacido en 1947, reside en París.

Giuseppe Pontiggia, nacido en 1934 en Como, reside en Milán.

Rafik Schami, nacido en 1946 en Damasco, Siria, reside en Kirchheimbolanden.

W. G. Sebald, nacido en 1944 en Wertach, Allgäu, reside en Norwich desde 1976, y es profesor de universidad.

Charles Simic, nacido en 1938 en Belgrado, se trasladó en 1954 a Estados Unidos, y actualmente imparte clases en la Universidad de New Hampshire.

Susan Sontag, nacida en 1933, reside en Nueva York.

George Steiner, nacido en 1929 en París, imparte clases en Ginebra y en Cambridge.

Botho Strauß, nacido en 1944 en Naumburg, Saale, reside en Berlín.

George Tabori, escritor y director de cine. Nacido en 1914 en Budapest, reside en Viena.

Antonio Tabucchi, nacido en 1943, reside indistintamente en Siena y Lisboa.

Aleksandar Tišma, nacido en 1924, reside en Novi Sad.

Javier Tomeo, nacido en 1932, reside en Barcelona.

Michel Tournier, nacido en 1924, reside en una antigua rectoría en Choisel.

Ida Vos, nacida en 1931 en Groningen, reside en Rijswijk.

Martin Walser, nacido en 1927, reside desde 1968 en Nussdorf, junto al lago Constanza.

Wolf Wondratschek, nacido en 1943 en Rudolstadt, Turingia, reside en Munich.